청어詩人選 370

강가에 서면

최득화
시집

강가에 서면

최득화 시집

시인의 말

삶의 고비마다
눈앞의 해무를 만날 때마다
지시등처럼 빨간 수신호가 되어주는
꽃이 된 언어 가 갸 거 겨

꿈을 완성하게 길을 열어주시던 분들의
사랑을 가슴 가득 채우며
그리운 모든 이들에게
가을날 국화꽃목걸이를 걸어드립니다.

2022년 가을날
최득화

차례

5 시인의 말

1부 세월이 흘러

12 꽃이 된 언어
13 봉투
14 홍시
15 엄마에게 해주고 싶은 것
16 고등어
17 그리운 사람
18 당신 생각
19 나의 강
20 어머니
21 토굴암 가는 길
22 무덤가에 패랭이꽃을 묻고
23 우산
24 세월이 흘러
25 동박새
26 인연의 끝에서
27 아버지의 눈물
28 당신 안 계신 날

29 부부
30 삶의 한가운데
31 당신은 누구입니까
32 고향

2부 가을연가

34 기다리는 봄
35 그리움
36 꽃지도
37 감꽃
38 네잎클로버
39 가을연가
40 장미
41 능소화 피는 집
42 새들이 떠난 자리에
43 느린 우체통
44 강가에 서면
45 겨울 바다
46 불빛
47 이별하기
48 길 위에서
49 길 떠나기
50 전철역 앞에서
51 친구야
52 눈이 머문 자리

53 방
54 한 잔

3부 나의 정원

56 동갑네 이야기
57 인연
58 내 마음
59 기억 하나
60 우리 만난 적 있나요
61 나의 정원
62 마음 접던 날
63 그날
64 까치가 운다
65 간월암에서
66 수련
67 예단포
68 섬
69 암 병동에서
70 사랑한다면
71 사랑 보내기
72 사랑하게 하소서
73 사랑에 대하여
74 시간 여행
75 나의 하루
76 너에게 가는 길

4부 가족

78 추억 만들기
79 촛대 바위
80 연리목
81 덕소 가는 길
82 기도
83 그곳에
84 법정 스님의 의자
85 달팽이집
86 봄꽃 기다리며
87 목련꽃 피는 날
88 여름날
89 꿈
90 가을 사랑
91 나의 이야기
92 당신에게
93 추억
94 커피 한잔
95 이사
96 도시락 편지
97 소금꽃
98 식사하셨어요
99 가족

100 시집 출간을 축하하며_김규민(시인)

1부

세월이 흘러

봉투를 주셨다

주시지 않아도 된다
간곡히 말씀드리지 못 한 채

두 손으로 받고
가슴으로 울었다

꽃이 된 언어

가 갸 거 겨
가 갸 거 겨

둥근 밥상을 안고
밤새 글자 공부에
시간 가는 줄 모르는

당신의 가슴에
새겨지던 글

가 갸 거 겨
가 갸 거 겨
먼저 간 님을 그리던 마음

남은 가족에게는
아픔을 심어주는 글자

봉투

봉투를 주셨다

주시지 않아도 된다
간곡히 말씀드리지 못 한 채

두 손으로 받고
가슴으로 울었다

먹고 싶어도 참고
또 참았을 모정

어머니의 아픈 사랑

홍시

시골집에 들어서니
까치밥으로 남겨둔 홍시 하나

가을걷이가 한창일 때
늘 하시던 말씀
까치밥으로 남겨 두거라

하늘 맞닿은 곳에
매달린 붉은 홍시를 보고
흐뭇하게 미소 짓던
어머니

푸른 하늘에 홀로 남겨진
홍시 하나

엄마에게 해주고 싶은 것

엄마! 엄마! 하고 방문 열고
뽀뽀를 수도 없이 많이 해주기

어째 왔노 묻기 전에
보고 싶어서 왔제 하고 먼저 말하기

약속 없이 정한 곳 없이
기차를 타고 가을 향기 물씬 물든 여행길 오르기

걷다 지칠 때면 엄마 업어주기
분명 부끄럽다 하실 엄마에게
뭐 어때 자신 있게 말하기

엄마 꼭 안고 어릴 적 이야기하며 잠들기

엄마가 내 엄마여서 너무 좋다 말하기

고등어

단풍이 물드는 계절

먼 여행을 떠나신
당신의 유품에는
다 해진 신발뿐

와병 중에도
잘 있다 잘 있다는 말로
대신한 당신

고등어를 좋아한 당신과
밥상 한번 마주하지 못했으니

내 가슴에 남은 등 푸른 멍울

그리운 사람

당신의 소리를
전화로 듣습니다

밥 많이 먹고
따뜻한 옷 입고
아프지 말고

내가
당신의 안부를 묻기 전에
나의 안부를 묻던
당신의 목소리

노란 프리지아
빨간 장미 송이 송이
걸어드리고 싶어요

당신의 목소리가
내 귓전에 맴돌 때

나는
허공을 우러러봅니다

당신 생각

초록의 계절

허물을 벗고
여행길에 오르는 당신

이 세상
가장 낮은 곳에
목적을 두고 떠나는 여행

무엇을 버리고
무엇을 가슴에 품고 돌아올는지

예쁘고 탐스러운
나리꽃 한 송이

당신 손에 드리고 싶다

나의 강

단비처럼 이 봄비가
어머니 가슴에도 내리는지요

세상의 어려움을
이 작은 가슴으로
치유할 수 없을 때

당신의 삶에서
답을 묻고 싶어

오늘도 수화기를 들지요

어머니

병실에 누워계시는 나의 어머니

손잡고 비벼보니
어머니의 생이
내 가슴에 꽃잎이 되어 떨어진다

자주 찾아뵙지 못해 죄송해요

너무 멀리 너를 시집보낸 것 같다

잠들고 계신 듯
내 마음을 읽고 계실

나의 어머니

토굴암 가는 길

상주되어
머리에 흰 꽃이고
그리도 가고 싶어 하셨던
당신과 함께 가는 길

가랑비 젖어 눈물방울이 된
빨간 단풍잎 하나
내 발길 멈추게 하고

흐르는 물이 되어
속울음 우는 내 마음

무덤가에 패랭이꽃을 묻고

생전에 하지 못한 말을 가지고
무덤을 찾아간다

술 한잔 올리며
하늘과 바람의 이야기를 들려주고

우리는 무덤가에 피는
꽃의 이야기를 도란도란 듣는다

왜 이다지 눈물이 나는지

왜 이리 가슴이 먹먹한지

우산

유년 시절
내가 젖지 않을까 걱정되어
우산을 씌워주던 당신

당신의 마음이
젖지 않길

비가 오면
그리워질 당신을 위해

나도
우산을 펴고 기다리겠습니다

세월이 흘러

신발을 신는 아들의 손에
주먹밥을 주었다

반쯤 열려 있는 창문 사이로
아들이 가는 길을 오래도록 보았다

그 옛날
나의 아버지가 골목길을 돌아서는
내게 전등을 멀리 비추시며

막내냐 하시던

이제
나도 그 나이가 되었다

동박새

동백꽃이 흐드러지게 피고 지는 오월

산천은 초록이 되고
새 한 마리 뜨락에 앉았다

동백꽃을 좋아하시던 당신

노란색으로 날개 만들고
부리로 사랑 노래 부르다

보고 싶다
보고 싶다
몇 번이고 부르며

가슴속 그리움으로 떠나는 새

인연의 끝에서

손과 손을 잡던
그 인연의 끈을 놓아버린 날

동백꽃이 보고 싶어
한 마리 소쩍새 되어
멀리 떠나신 아버지

막내를 애타게 찾으셨다던
당신의 마지막 목소리가
그리움의 연기가 됩니다

아버지
아버지
나의 아버지

아버지의 눈물

제 머리는 아버지가 잘라주세요

군 입영통지서와 함께
아들은 아버지를 찾는다

세파에 흔들릴 때마다
감동을 주는 아들 덕분에
벼랑 끝 세상도 살만하다 했다

아들의 머리 위로
사랑한다는 말 대신 떨어지는

아버지의
눈물 한 방울

당신 안 계신 날

눈물 젖은 날도
웃음 짓는 날도
당신을 불러 봅니다

출렁이는 바다 앞에서
당신을 불러 봅니다

뭉게구름 하늘 올려다보는 날도

아버지
당신을 불러봅니다

부부

다섯 남매의 막내
육 남매의 막내가 만나

무일푼의 손이 부끄럽지 않아
등줄기 흐르는 땀만으로도
살 수 있었던 날들

우리는 함께 춤을 추었다

뜨거움에 살았고
절실함에 살았던

그 많은 날들

삶의 한가운데

이 세상 내가 그대와 함께
걷는 이 길

마음에 불덩이 가득 채우고
찬물로 다스리길 여러 번

이젠 식어버린 열정에
마음이 아프기도 한 날

그대와 함께 가는 이 길

다시
뜨거움을 찾는 일

당신은 누구입니까

나의 마음을 함께 하는
당신은 누구입니까

두 손 모으고 기도하는
저의 등 뒤에서 고요를 선사하는
당신은 누구입니까

들썩이는 어깨를 토닥여주는
당신은 누구입니까

뜨겁게 안아주는
당신은 누구입니까

고향

기차가 달린다

고향을 향해
달려가는 건 기차가 아니라
마음이다

기차 속 풍경은
그리운 얼굴이다

마지막 속력을 다해
나는
고향집 방문을 열었다

2부

가을연가

살며시 건네준
꽃반지 하나

당신이 두고 간

그해 여름

기다리는 봄

노란 리본을 단 여자아이가
사뿐사뿐 내게로 걸어온다

옹알 옹알
무슨 말을 하는지 알 수 없어
작은 손을 잡아본다

새순이듯
그 아이…

봄이었나 보다

그리움

내 방문 앞에 서서
문을 두드리는 당신

바람 불어와
내 얼굴을 스치는 당신

마음 한 귀퉁이에
잔잔하게 미소 짓게 하는 당신

나의 그리운 당신

꽃지도

어젯밤
무슨 일이 있었던 건 아니죠

설산 아래에는 운무에 쌓여
아무것도 보이지 않는다 했는데 말이에요

개나리 진달래
잰걸음으로 나타나
향기를 뿌려 주시려 하다니요

봄을 알려줄 사랑하는 그대
지금 어디 있나요

감꽃

꽃이 필 무렵
그 향기에 취해
노란 그리움을 키웠습니다

꽃이 지고
감이 익을 무렵
그 사랑을 가슴에 품었습니다

그 사랑 가지고
한평생 살아갑니다

감꽃처럼

네잎클로버

당신을 만났을 때

살며시 건네준
꽃반지 하나

당신이 두고 간

그해 여름

가을연가

사랑이 오는 것처럼

부는 바람도
청명한 하늘도
잔잔한 소국도 마음에 들어

속삭이듯 찾아오는 사랑처럼
아플 거란 생각보다
달콤한 마음만

사랑이 오는 것처럼

장미

월담하는 장미는
집주인의 허락을 받았는지

붉은 얼굴로
담을 훌쩍 넘는다

인심 좋은 집주인도
긴긴 여름날이 지루하지 않겠다

능소화 피는 집

단아한 모습의 여자가
능소화 꽃이 만발한 집 안으로 들어간다

그녀의 등 뒤로
저녁노을이 함께 들어가는 그 집

그녀와
능소화 꽃향기와
저녁노을과

차 한잔하고 싶다

새들이 떠난 자리에

파도가 밀려오는 모래 위
낮게 원을 그리며
떠도는 새 한 마리 보았지

낮은 기도와
반쯤 회전한 날개짓으로

누구를 기다리며
길 떠나지 못하고 있나

갈 길 재촉하는
푸른 파도 소리

느린 우체통

느린 우체통을 향해
달리고 달린 시간

알록달록한 풍경을 머리에 이고
많은 생각에 잠겨있던 나날들

사랑일까 아닐까
봉인된 봉투에 우표를 달고

우체통의 심장에
풍덩 소리 내어던진다

세월이 주는 답을 기다리며

강가에 서면

겨울 강가

말라버린 나무에서
바이올린 소리가 난다

추억의 노랫말
가슴 아린 악보 되고

흐르는 강은 음표 되고
겨울나무는 악기가 된다

연무처럼
아련한 강가에 울려 퍼지는

겨울 음악회

겨울 바다

뛰는 가슴을 지닌 채
한걸음 내려앉은 모래사장

살아가야 할 길목에는
늘 바다가 대신 울어주었다

고단한 삶 속에서의 기도가
모래알에 박혀
마음의 키가 한 뼘 더 커지고 나서야

그
겨울 바다를 떠났다

불빛

겨울 날씨처럼
마음이 차가워져 옵니다

시린 가슴에
따뜻한 불빛 하나 갖고 싶습니다

불빛은
멀어지기만 합니다

머얼리
깜빡거리기만 합니다

이별하기

딩동 문을 두드린다

이사 가요
따뜻한 미소가 예뻐 보이는 그녀는

물기도 채 마르지 않은
내 손을 잡는다

이별을 눈앞에 두고
우리는 자주 볼 수 없을 거란 걸 안다

가슴에 동그란 파문이 인다

길 위에서

무작정
버스에서 내렸다

흙먼지가 버스를 따라가고
나는
코스모스를 따라
길을 걷는다

꽃봉오리
하나 둘 헤다
숫자를 잃어버렸다

내가 이방인인
이 길

길 떠나기

세계 지도를 펼치고
여행을 간다

배낭에 짊어진 그리움
가슴에 가득 담아

어두운 밤하늘에 빛나는 별은 있는지
노랗게 밤 밝히는 달맞이꽃처럼
이름 모를 꽃은 있는지

짧은 봄 상큼한 바람은 불어오는지

찬바람 불어오는 길거리에
노란 단풍잎처럼

나는 간다

전철역 앞에서

이른 아침
역 광장에 작은 새 한 마리

누구를 기다리기에
이쪽저쪽 기웃거리고 있을까

누구를 기다리기에
저리도 오래도록 서 있을까

오래된 일

새 한 마리
가슴에 들어온 날

친구야

지금
하늘에서 눈이 와

내가 있는 곳에서 피는 하얀 꽃
너 가 있는 그곳에도 하얀 꽃은 핀 거니

이 뜨거운 마음을
녹여줄 너와 나의 대화

하늘에서 눈이 와

눈이 머문 자리

하얀 나비처럼
눈이 날리네요

눈 따라가고픈 마음
겨우 잡았네요

모퉁이 쌓인 눈을
햇살이 슬며시 거두어 가네요

내 마음은 거기 그냥
두고 갔네요

방

가슴에 방이 하나 있어
때로는 깊은 옹달샘 같아

눈 감고
흘러보는 샘물 같은 방

때로는 먹먹해서
쉬 잠들지 못하는 방

한 잔

오래된 선술집에 앉아 친구를 기다린다

두 개의 잔이 테이블 위에 놓이고
뜨거운 가슴과 서슬 퍼런 젊음을 함께 보낸 친구를
오랜 선술집에서 기다린다

술을 먹지 못하는 내가
술 한잔할 줄 아는 친구가
물과 술이 부딪히는 소리를 들으려

오래된 선술집에 앉아있다

3부

나의 정원

내가 당신을
사랑한다 해도

길 위에선
우리 모두 한 점 구름인 것을

동갑네 이야기

봄
아직은 설산인 곳
한 뼘 가까운 하늘이 있는 곳
설산이어서 더욱 빛나는 햇살이 눈부신 곳

여름
어두운 밤길을 밝히는 달맞이꽃이 지천인 곳에서
조롱박 만들어 졸졸졸 흐르는 물을 한 바가지 먹을 수 있는 곳
털북숭이 개 한 마리 주인 곁에서 잠을 자는 곳

가을
낙엽 침대에 누워있는 알록달록 단풍잎
그리고 수수꽃다리 춤을 추는 곳

겨울
흐르는 냇가에 벌레 먹은 낙엽 하나
동동동 떠내려가 살얼음 낀 곳에 멈춰
어찌할 바 모르는 곳

인연

손을 잡았을 뿐인데
따뜻한 온기가 온몸으로 퍼져
인연이 되었다

우리가 친구라는 이름으로 만나
수없는 계절이 바뀌어 가고

야생화를 발견한 처음처럼
그때 그 느낌
아직도 남아있네

그
뜨거움

내 마음

내 마음은
요술쟁이예요

내 마음은
보석 상자예요

내 마음은
그리움이예요

내 마음은
변덕쟁이예요

내 마음은
물음표예요

나도 모르는
내 마음

기억 하나

울음을 삼킨 세월이
이만큼 밀려와 있었다

이젠
얼굴조차 떠오르지 않아
기억이 희미해지고

사랑했던
마음만 남아

우리 만난 적 있나요

한사람 스치듯 지나간다

수많은 인연 속에서
설레던 가슴

아득히 먼 곳에서 전해지는
그리움 한 조각

내가 바라는 건
내게 스친 우연

나의 정원

창문 틈으로

또르르
또르르
물방울 떨어지는 소리

잠들어 있던
설레는 마음 두드리네요

겨우내 숨죽이던
나는 씨앗이었어요

마음 접던 날

산허리에 서서
나의 이름을
불러주던 한 사람을 기억합니다

끝까지 함께 할 수 없는 여정

이제
가슴을 쓸어내릴 안쓰러움은

마음에 접어둡니다

그날

하늘과
바람과
별이
멈춰버린 시간이 있다

그날
가슴속 가두고 있던 사연들은
사진 속에 머물고

아프다고
마음이 아프다고
울어보지만
그대 마음과 같았을까

우리의 삶 속에
그대 언 손을 가두고

까치가 운다

전봇대에 앉아서
까치가 운다

동무로 지내던 친구가
얼마 전 하늘나라로 갔다

까치가 운다

간월암에서

후드득후드득
내리는 비

지나가던 새 한 마리
처마 밑에 앉았다

잠시 쉬어가렴

비 내리는 간월암

수련

당신
부르는 소리 들려요

사랑은 깊고 깊어
물 아래 뿌리내려

꽃잎 속에 숨어 있는 꽃망울로
다시 태어나

당신
이렇게 불러요

예단포

잠들어 있는
그 겨울 바닷가

조개껍질 속
작은 게 한 마리

갈 곳 잃어 서성이다
하늘길 따라 걷고 있다

철 지난 거기
안개 바다였다

섬

해무에 가려
보이지 않는 섬도
내 마음속에 있다

단 한 번밖에
만나지 못했지만

살아있는 동안
마음속에서만 나타나는 섬

설레는 마음으로

오늘은 그 섬에 가고 싶다

암 병동에서

병원 복도 끝
하느님을 찾는 사람들

고통 속에서도 예쁘게 웃고 있는
당신 모습

울지 않고는
눈을 마주칠 수 없어
헛기침만 했다

기억하고 싶은 이야기 속으로
남아있는 불꽃을 태우던 당신

안녕히 안녕히
안녕히라는 말을 뒤로하고

살아있는 삶 속으로 걸어 나온다

사랑한다면

가슴속 이야기
꺼내지 않아도
눈빛만으로 알 수 있어요

오랫동안 같은 마음으로
서로를 아끼는
초목이 될 수 있어요

새소리 물소리를 함께 듣지 않아도
어느 곳에서도 들을 수 있는
마음이 있어요

당신과 내가
서로 사랑하는 까닭에

사랑 보내기

사람이 있다는 걸
사랑을 말하는 사람이 있다는 걸
알았을 때

폭포수처럼
가슴에 설렘으로 가득 찼다

인연을 두고
인연을 말하다

새되어
훨 훨 떠나는 뒷모습

내 마음의 뜨락에서
덧문을 닫는다

사랑하게 하소서

새순처럼 빛난 사랑하게 하소서

뜨거운 햇살 아래 시원한 바람으로 사랑하게 하소서

낙엽을 밟으며 어느 시인의 시구를 가슴에 새기며 사랑하게
하소서

다시 봄을 찾아
긴 여행의 발자국을 남기며 사랑하게 하소서

사랑에 대하여

당신이 아무리
나를 사랑한다 해도

내가 당신을
사랑한다 해도

길 위에선
우리 모두 한 점 구름인 것을

언제나
함께 할 수 있는
함께 할 수 없는

백만 가지 이유다

시간 여행

바람이 흔들어 깨우는 새벽

덜커덩 덜커덩
비포장도로를 달리며

살아내기 위해서
함께 길을 떠나자

자작나무가
서 있는 숲길을 지나

다시
길 위에 서자

나의 하루

버스를 타려고 정류장에
서 있는 나에게

낙엽 하나 굴러와
슬며시
내 발등에 기댄다

잠시 바람이 불어와
훅 날아가 버렸다

버스를 놓쳤지만
서운하진 않다

슬그머니
웃음이 난다

너에게 가는 길

늦은 오후 전철을 탔어
사람들은 큰 가방을 하나씩 가지고
여행을 가나 봐

자카르타, 이스탄불, 가오슝, 칭다오…
시간표가 전철의 한편에서 춤을 추고 있어

날은 점점 어두워져 오고
반짝반짝 네온사인 불이 하나둘씩 켜질 때마다

입으로
자카르타, 이스탄불, 가오슝, 칭다오…
내릴 역을 지나고 있어

시간은 흐르고
너에게 가는 길

멀고도 먼 길

4부

가족

하얀 국화 꽃잎을 따다
도시락을 꾸렸다

지상의 여울목에서 만난
혈육이라 마음으로 대신했던 날

추억 만들기

언덕 위
바람의 풍차

바다와 마주한 나무의자에 앉아
술 한 잔에 취하자

한없이 슬프고
절망스러워 잠 못 이룰 때

길 위에 함께 있어 행복했던
오늘을 생각하자

촛대 바위

계절의 끝자락에
매달려 있는 푸른 바다

바다는
건조한 삶에
분명한 답을 줄 수 있을까

봄을 재촉하는 봄비가
우뚝 솟은 바위를 씻기고 있었다

연리목

사람의 발길조차
닿지 않은 산 중턱

언덕 너머
햇살에 이끌려

긴 호흡 끝에 만나는
바람의 향기로

지극한 마음으로 기도하면
연리목으로 남을까

덕소 가는 길

마음 한편에 자리 잡은 덕소를
이끌리듯 찾아가는 길

길가에 단풍이 붉게 지고 있다는
사실조차 잊고 있었지

창밖의 하늘도 구름도
덩달아 채색되고

당신은
가을의 끝자락에
흩날리는 낙엽과 한편이었다

기도

두 손 마주 잡은 건
기도입니다

마음 마주 모은 건
기도입니다

눈으로 마주 보는 건
기도입니다

기도는 하나입니다

그곳에

오랜 침묵 속에서
흔들거리는 거목 같은 단조로움을 만나다

그토록 원하던 것
가슴속 활활 타던 불꽃처럼 보내고

그렇게
그렇게 살다가

눈망울 속에 핀 한 송이 꽃처럼
점점 작아져 향기를 피우는 들꽃처럼
피고 지는 윤회의 길

신이 있다면

법정 스님의 의자

버려진 나무로 의자를 만들어

잠시 쉬어가는 그 의자는

행복한 마음으로

자리 한편을 내어주고 있었다

달팽이집

어린 시절

달팽이 집에서 살다
바람이 그리워 나들이했다

종일토록 돌아다니다
하늘이 붉게 물들고 나서야
떠나온 집이 생각났다

돌아가는 길
장미 넝쿨 사이로
엄마 냄새가 났다

봄꽃 기다리며

가지 속에 드리운
마음 하나

봄이
머뭇거리며
바람처럼 다가와

그대는
언제
아름다운 꽃이 되어
내 마음에 필까

목련꽃 피는 날

톡

톡

바람이 찾아와 문을 두드리네요

수줍은 제 마음을

받아주세요

바람은

목련 나무 아래에서 맴도네요

여름날

뭉게구름 이고 있는
고목나무에

매미가 동네 아이들을
불러본다

알록달록 매미채
뛰어가는 아이들 속에

햇살이 뜨겁다

꿈

가을 향기

산허리를 휘감아
망토를 입힌 것 같아

소국을 한 아름 안고
당신 있는 곳으로
달려가고 싶어

꿈을 꾸는 하루

가을 사랑

오색 빛깔이 물들어
소국 향기 진한
돌담으로 걷는 길

가을날
사랑을 얻고

가을날
사랑을 하네

나의 이야기

짧은 봄은
내 사랑 같다

햇살 품은 해바라기
내 마음 같다

아카시아 향기
내 이야기 같다

그렇고 그런
나의 이야기

당신에게

늘
꿈속에서도 만나고 싶었던 당신에게

비밀의 꽃을 피우고
재스민 향기 가슴에 담다

이슬방울과 함께

꿈길을 걷고 싶다

추억

따뜻한
언덕 위에 작은 집

두고 온 유년이
함께 와서 놀다

해 질 무렵
아쉬운 이별을 하게 되는 집

추억의 길 위에
만나는 작은 집

커피 한잔

두 눈 감고
한 모금 뜨거운 커피를 마신다

다 채울 수 없어도

다 가질 순 없어도

행복을 만들어가는 시간

커피를 마시는 시간

이사

아침 햇살 눈부신 봄

십 년을 살았던 집을 떠난다

세월을 꺼내는 살림살이
버릴 것들을 다시 박스에 담는다

하루하루
새살을 돋게 해준
정든 나의 집

등 뒤에
얼굴을 묻었던 아이와
함께 살아온 세월을 두고서

도시락 편지

하얀 국화 꽃잎을 따다
도시락을 꾸렸다

지상의 여울목에서 만난
혈육이라 마음으로 대신했던 날

도시락에
국화 꽃잎을 담아 보내는 마음

소금꽃

번번이 부서져
둥근 원만 그리다
수년을 보낸 소금 덩어리

따사로운 햇살을 만나
눈부신 사랑을 하고

소금꽃으로 피어났다

식사하셨어요

많은 사연을 가진 사람들이 모이는 자리

가슴과 가슴이 만난 이야기는
회환과 눈물과 사랑으로 가득하다

식사하셨어요

한 끼 식사에 과거가 현재가 되고
현재가 또 과거가 되는 시간

서로의 따뜻한 눈빛으로 묻는다

가족

고개 떨구고 물 위를 보면
잔잔한 물결처럼 설레면 가족이다

서로
대화의 창을 열고 닫을 때
그윽한 눈으로 바라보면 가족이다

풍경 좋은 어느 한적한
시골길을 걷고 싶으면 가족이다

웃음도 눈물도 기쁨도 슬픔도
함께 할 수 있다면 가족이다

가족은 마르지 않는 샘물이다

시집 출간을 축하하며

김규민(시인)

만추, 언덕 위 떡갈나무 잎들이 누렇게 돌아갈 준비를 하고 철 지난 억새들은 한없이 가벼워져 하늘거리는 작은 오솔길 따라 목적 없이 걷다 보면,
나는 왜 여기까지 왔는가?
오늘의 나는 누구인가?
하는 물음에 빠지곤 한다.

최득화 시인은 늘 환한 얼굴이다.
막내로 자라온 그녀는 주위로부터 많은 사랑을 받은 듯 하다.
그녀의 시제는 대부분이 사랑이다. 늘 그리워하고 지나간 기억조차 따뜻하게 보듬으며 특히나 부모로부터 받은 내리사랑은 그녀가 다른 사람에게 귀 기울이고, 한번 맺은 인연은 감꼭지처럼 가슴에 박아 노래하고 표현하고 기대하고 기다리는 모든 숨이고 생활이다.

가을연가

(…중략…)

그래서 아플 거란 생각보단
달콤한 마음만

사랑이 오는 것처럼

사람은 어려움에 처할 때나 세파에 흔들릴 때 나를 구원해 줄 대상으로 부모나 신을 찾는다. 그러한 구원 대상조차도 금전의 잣대로 경계하고 평가받는 요즈음, 최 시인에게 있어 부모님은 세상에 계시지 않는 지금에도 자신을 세우고 가르치고 길들이는 기둥이다.

어려움이 있어도 비관해하거나 절망하지 않고 우리 어머니, 아버지라면… 하고 생각하고, 지금은 세상에 계시지 않는 부모에 의지한다.

어머니

(…중략…)

당신의 삶에서

길을 묻고 싶어

때르릉 때르릉
수화기를 들지요

최 시인은 언제나 이상향을 꿈꾼다.

자신이 겪고 있는 현재의 고통이나 슬픔조차도 탓하거나 주저앉지 않고 좀 더 다른 내일을 구체화하려는 노력이 보인다.

현실에 있으면서 현실에 안주하지 않는 이상향을 구체화 시키는 능력을 발휘한다.

길 떠나기

세계지도를 펼치고
여행을 간다

…중략…

어두운 밤하늘에 별은 있는지
짧은 봄 상큼한 바람은 불어오는지

나는 간다

나는 그녀의 울음을 본 적이 없다.

내가 아는 한 그녀는 현재 많은 어려움에 있다.

그런데 그녀는 한번도 현실을 부정하거나 원망하거나 주저앉지 않는다.

왜, 그녀라고 눈물이 없겠는가?

늘 사랑을 노래하고 의지하는 심연의 마음속에 슬픔을 넣어놓고 의연히 살아내는 것이다.

방

가슴에 방이 하나 있어
때로는 깊은 옹달샘 같다

눈감고
흘러 보는 샘물 같은 방

때로는 먹먹해서
쉬 잠들지 못하는 방

그녀의 필운을 기원하며
그녀의 삶 또한 사랑스런 날들이 되길!

강가에 서면

최득화 지음

발행처 도서출판 청어
발행인 이영철
영업 이동호
홍보 천성래
기획 남기환
편집 방세화
디자인 이수빈 | 김영은
제작이사 공병한
인쇄 두리터

등록 1999년 5월 3일
(제321-3210000251001999000063호)

1판 1쇄 발행 2022년 12월 20일

주소 서울특별시 서초구 남부순환로 364길 8-15 동일빌딩 2층
대표전화 02-586-0477
팩시밀리 0303-0942-0478
홈페이지 www.chungeobook.com
E-mail ppi20@hanmail.net

ISBN 979-11-6855-113-8(03810)